Mein Ritter ist kein Engel

1

Yukari Sakai

Rotkäppchen-Parodie

AF202376

Mein Ritter ist kein Engel

1   INHALT

Episode 1

Mein Ritter
ist kein Ritter

Sir Edward soll mein Leibwächter werden?!

Was hast du gerade gesagt, Mutter?!

Hääää?!

So ist es!

Ein wahrer Engel auf Erden!

Sir Edward ist der jüngste Ritter ...

... der jemals in den Königlichen Ritterorden aufgenommen wurde!

Bei der Bevölkerung ist er mit Abstand der beliebteste Ritter!

Er hat nicht nur ein Herz aus Gold, sondern sieht auch noch blendend aus!

Edward Kiles, Mitglied der 12. Einheit des Königlichen Ritterordens, zu Euren Diensten.

Prinzessin Rusty, darf ich eintreten?

Stille
しん
...

...?

Verzeiht bitte die Störung ...

Gatschack
ガ チャ

Haaah **Haaah**

?!

Zisch

Gwapp·

Hä?

W...

Was um Himmels willen tut Ihr da?!

W... Wenn ich das Kleid ankokele, muss ich vielleicht nicht zur Feier gehen!!

Wäääh!

Oh nein!

Grapp·

!

Ngh, ist das heiß!

Fwah

Seid still.

Lasst mich runter! Zu Hilfe! Aaah!

?!

Dosch

Dompf

Urks!

Und auch in meinem Geschäft.

In meinem Laden hat er auch etwas gekauft.

Bei mir war er auch.

Bei mir ebenso.

... oder hat Edward die Läden erkundet ...

... um mir die Stadt zu zeigen?

Nanu?

Täusche ich mich ...?

Sst

Wer weiß?

Äh ... Stimmt es, was die Leute sagen?

Jetzt kommt endlich, Trödelprinzessin.

Er hat zwar eine scharfe Zunge ...

... und ist schwer zu durchschauen ...

... aber ...

Das habe ich schon vergessen.

Früher habe ich einmal aus Spaß den Sohn des Ministers in eine Grube fallen lassen.

Jemand wie Ihr?

Na ja, wisst Ihr, früher war ich ein kleiner Wildfang.

Ich war fest davon überzeugt, dass ich von allen ausgeschimpft werde.

Aber ...

Und das ausgerechnet an meinem sechsten Geburtstag.

Sofort wurde mir bewusst, dass ich einen Fehler begangen hatte.

Niemand hatte auch nur ein Wort des Tadels für mich übrig.

Das hat mir Angst gemacht.

Weder die Erwachsenen noch der Junge, den ich in die Grube gestoßen habe. Sie haben einfach nur gelächelt.

Seitdem ich darüber nachdenke ...

Was, wenn ich jemanden verletze, ohne es zu merken?

Was, wenn mich alle hinter meinem Rücken hassen?

... fürchte ich mich vor den Menschen in meinem Umfeld.

Gwitt

Selbst über mich behaupten manche, mein hübsches Gesicht sei meine einzige Stärke, aber das juckt mich nicht.

Abschaum ...?!

Es ist reine Zeitverschwendung, sich über solchen Abschaum den Kopf zu zerbrechen.

Ihr solltet Euch ebenfalls nur auf Eure eigenen Ziele konzentrieren ...

... anstatt Euch Gedanken über andere Menschen zu machen.

Wieso strebt Ihr dann so sehr danach, zum Kommandanten des Ritterordens zu werden?

... zum bes-
ten Ritter
des ganzen
Königreichs
ernannt
wirst!

Den Kopf
zerbreche
ich mir nur
...

So viele Menschen ...

Vor so einer Menge aufzutreten ...

... macht mir immer noch Angst.

Einige Tage später

Heute ist es so weit.

Der Tag der Feier ist gekommen.

Bamm

Es wird Zeit.

Prinzessin Rusty.

E... Einen Moment noch ...

Grapp

Stapf

Trapp

Trapp

Trapp

?!

Aaah!

R... Räuber?! Wie sind die in unseren Palast gelangt?!

...
Euer Hoheit.

Lange nicht gesehen
...

Nun gibt es kein Entkommen mehr!

Weder für Euch noch Euren Ritter, mit dem zusammen Ihr mir damals diese Blamage eingebrockt habt!

Oha

Ich bin hier, um diese Feier zu ruinieren ...

Ihr seid doch ...

...

der Sohn des Ministers, den ich damals in die Grube gestoßen habe?!

Sie kennt seinen Namen nicht.

...
und Euch beide in eine Grube zu stoßen, so wie Ihr es mit mir gemacht habt!

Eine ziemlich armselige Art, sich zu rächen!

Waaaah

Was soll ich tun?

Die Zeit verstreicht, während ich mir hier den Kopf zerbreche.

Was, wenn ich etwas falsch mache und Edward verletzt wird?

Meine Stimme versagt und ich bin wie eingefroren ...

Aber ...

Selbst wenn ich entkomme, bin ich überhaupt in der Lage, jemanden um Hilfe zu bitten?

Ich muss etwas tun.

Was denken sich der Sohn des Ministers und seine Leute dabei?

Meine Eltern sind draußen im Garten.

Wenn ich schreie, werden alle mich komisch ansehen.

Doch wenn ich nichts unternehme, wird Edward ...

... machen mir Angst ...

Hätte ich mich doch nur aufrichtig entschuldigt! Aber wer hätte ahnen können, dass er so wütend auf mich ist?

Was soll ich tun?

Ich möchte nicht verletzt werden.

Was soll ich nur tun?

Menschen ...

Sst

»Ihr solltet Euch ebenfalls nur auf Eure eigenen Ziele konzentrieren ...

... anstatt Euch Gedanken über andere Menschen zu machen.«

Nimm dich in Acht, Edward!

...?

H...ilfeeee!

Schon wieder ?!

H...

きょろ Lins きょろ Lins

Warum streift Ihr allein herum?

Oh, Sir Edward!

Und so ...

Ich habe mich an einen Jungen erinnert, den ich als Kind im Palast getroffen habe ...

... aber er scheint nicht auf dieser Feier zu sein.

Wie Rusty im Alltag gekleidet ist

Die Haarschleife ist ihr Lieblings-accessoire.

Ohne Umhang

Sie hat eine Vorliebe für niedliche Kleider mit vielen Rüschen und Schleifen.

Seine erste Prinzessin, Rusty ...

Das Königreich Felimore ...

... ist ein friedliches Reich inmitten der Natur.

Eure Hoheit.

Es wird Zeit, aufzustehen.

Die Sonne steht schon hoch am Himmel.

... ist eine Stubenhockerin.

Das hier ist Edward, der Leibwächter der Prinzessin.

Fühlt Ihr Euch etwa nicht wohl?

...erfreut sich der junge Ritter großer Beliebtheit beim Volk.

Wopp

Noch fünf ... nein, zehn Minuten ...

Mit seinem bezaubernden Äußeren und engelsgleichen Gemüt ...

Ihr macht es mir wirklich nicht leicht ...

Hmpf

Was jedoch nur die wenigsten wissen ...

Sst

Na, wird's bald? Raus aus den Federn!

Ihr seid ja eine echte Trantüte!

Sir Edward ...

... hat eine scharfe Zunge.

Oha ...

Er ist ein Teufel im Engelsgewand, der nur darauf aus ist ...

... Kommandant des Königlichen Ritterordens zu werden.

Steht auf, sonst werfe ich Euch wieder aus dem Fenster.

Das wird Euch sicher wach machen.

O weh!

Neeein!

Schon gut! Ich steh ja schon auf!

Grapp

Das kannst du vergessen ...

... Mutter!

Rusty.

Wir werden bald eine Gesellschaft in unserem Schloss veranstalten. Du nimmst bitte daran teil, ja?

So geht es dahin, das Bild meines Traumritters ...

Prinzessin! Eure Hoheit!

Oh ... Äh ...

Tut mir leid

schleich

Nicht einmal auf der Party habe ich es geschafft, mit jemandem zu reden!

Das ist nichts, was du stolz herausposaunen solltest.

Deine Geburtstagsfeier hast du doch überstanden. Also wird es diesmal sicher auch klappen, oder?

Nie im Leben!

Sie soll dazu dienen, unsere Beziehungen zu den Adligen und Ministern zu vertiefen.

Uuuh

Mampf
もしゃ
もしゃ
Mampf

Was die Manieren betrifft, habe ich Edward gebeten, dein Gedächtnis aufzufrischen.

Mach dir darüber keine Sorgen.

Ich habe mich so sehr zurückgezogen, dass ich inzwischen alle Tischmanieren vergessen habe ...

?!

Dieser Mann ist wirklich furchterregend!

Seit wann versteht er sich so gut mit meiner Mutter?!

Es ist mir eine Ehre, Euch behilflich sein zu können.

Obwohl es nicht zu den Aufgaben eines Ritters gehört, hat er sich freundlich dazu bereit erklärt.

... aber vielleicht verzichten meine Eltern auf meine Teilnahme, wenn ich seine Lehrfähigkeit anzweifle.

Hmpf

Er taugt sicher nicht als Lehrer für Manieren!

Es tut mir leid für ihn ...

S... So ein Unsinn! Sir Edward ist ein Ritter ..!!

MUSIK

SPRACHE

AUSDRUCK

MANIEREN

TANZ

BENEHMEN

1000

Wupp

Tapp

Im Gegensatz zu ihm, Rusty ...

Konnte ich Euren Ansprüchen gerecht werden?

... ist dir nicht einmal aufgefallen, wie hektisch sich unsere Dienstmädchen auf die Gesellschaft vorbereiten.

Grandios!

Ist er überhaupt ein Mensch?!

Oh ...

...

Du solltest wirklich mehr auf deine Mitmenschen achten.

Sie hat gut reden ...

Solltest du die Teilnahme verweigern, werden wir dir in Zukunft sämtliche diplomatische Aufgaben überlassen.

Es ist mir eine unendliche Freude, an der Gesellschaft teilnehmen zu dürfen!

Du liebe Güte!

...dann werde ich Euch mit vollem Ernst unterrichten.

Da habe ich einfach impulsiv zugestimmt, aber ...

Äh, Sir Edward ...

Was meine Manieren angeht ...

Das hier ist zwar mühsam, aber es wird sich positiv auf meine Bewertung auswirken.

Seid Ihr bereit, Prinzessin?

Wenn wir es schon angehen ...

Tschack

カッ

タ

Klatter

Da ist Euch wirklich ein Miss- geschick passiert ...

... habe ich einmal aus Ver- sehen eine ganze Schüssel Suppe über mein Kleid verschüttet. Ein absoluter Fauxpas.

Ja, es war allein mei- ne Schuld, aber ...

プルや〜
Plitsch

Daraufhin wurde mein Kontakt zu ihr komplett unterbun- den.

... die Leute haben meine Freundin ver- antwortlich gemacht ...

... und be- hauptet, deren fehlen- de Manieren hätten einen schlechten Einfluss auf mich.

Manieren liegen mir einfach nicht.

Dinge, die eigentlich spaßig sind ...

... machen mir dadurch keine Freude mehr.

Stups
むに

Eure Haltung.

Ihr sitzt wieder krumm.

Für mich ist das alles zu schwierig.

Platsch

Waaaaah

Rusty ?!

Prinzess Rusty!

Was um Himmels willen tut Ihr da?!

... das Wichtigste, worauf es bei Manieren ankommt.

Denn Ihr beherrscht bereits ...

Im Grunde geht es bei Manieren nur darum ...

Lasst mich es anders formulieren.

?

....?

... dafür zu sorgen, dass sich alle wohlfühlen.

Und Ihr handelt meistens, bevor Ihr denkt.

Ihr seht alles viel zu eng.

Na, dann bin ich ja erledigt.

Wenn ich sage, dass kein Grund zur Sorge besteht ...

Ich bin klüger als Ihr.

Schock

... dann solltet Ihr meinen Worten auch vertrauen.

Sir Edward...

Das sagt er so, obwohl er sonst immer so bissig ist.

... bringt mein Herz fürchterlich durcheinander.

Tapp

Das kommt davon, dass Ihr so lange herumgejammert habt.

D... Das stimmt schon, aber...

Gnnnn

I... Ich erlaube mir, einzutreten!

Oh nein, ich komme zu spät zur Gesellschaft!

Tapp

Noch schlimmer geht fast nicht!

Bamm

Zuck

Wir haben Euch erwartet ...

... Prinzessin.

Patt

Die Blicke der Leute machen mir immer noch Angst.

Verzeiht vielmals die Verspätung ...

Puh

J...

Ja
...

Darf ich
Euch zu Eu-
rem Sitzplatz
geleiten?

Ich muss
nur die Ruhe
bewahren.

Genau!
Ich habe die
Tischmanie-
ren in- und
auswendig
gelernt.

Ihr seid
wirklich
zu benei-
den!

Kaum kommt
Ihr Einsiedlerin
nach draußen,
werdet Ihr
gleich ge-
feiert!

Diese
Stimme
...

Hm?

Oh ...
Nicht
doch
...

Ihr seid
genauso
schön
wie die
Königin.

Es ist mir
eine Ehre,
mit Euch
sprechen
zu dürfen.

Sst

Trotz der Sticheleien bleibt sie gelassen ...

Äh ... Ich bevorzuge es, in meinem Zimmer zu sein.

Aber diese Einsiedlerprinzessin wird nun wirklich zu frech!

Eigentlich wollte ich Rache für meinen Sohn nehmen.

Prinzessin Rusty, Ihr ...

Darf ich Euch nachschenken?

Euer Glas scheint leer zu sein.

Was für ein aufdringliches Lächeln ...

Groh

Groh

Groh

Groh

Ihr seid der Leibwächter der Prinzessin, nicht wahr?

Äh ... Ja ...

Nanu? Edward?

Und dazu diese Anmut ...

...

Ja, das bin ich.

In so jungen Jahren schon Leibwächter zu sein, ist wirklich beachtlich!

... du widerliche Brillenschlange.

Maul halten ...

... so einiges über Etikette gelernt.

... habe von einem ausgezeichneten Lehrer ...

M... Maul ...?

Ich ...

Klack

Diese plötzliche Stille.

Das war's dann wohl für mich.

Und dann habe ich auch noch Edwards scharfen Ton übernommen.

... hab's völlig verbockt!

OOoh!

Klatsch

Klatsch

!!

Klatsch

Klatsch

I...

Ihr ...

Wie taff du gewor-den bist, Rusty ...

Kuller

Alle Ach-tung!

Das hat gut-getan!

Ha ha

... du ver-dammte Stuben-hocke-rin!

Jetzt reicht's aber ...

Wusch

Zitter Zitter

Tschack

Wie es scheint, mangelt es Euch gleichermaßen an Manieren.

Uaaah

Lächel

Perplex

Und so

...

... ging die Gesellschaft friedlich zu Ende.

Funkel

Funkel

Sir Edward! Bitte ruht Euch heute bei mir aus!

Hä?

Wieso ist ihr Zimmer so ungewöhnlich sauber?

Halt, nicht so schnell.

Also dann, schönen Tag noch...

Nutzt alles, was Ihr wollt!

Tock

Was ...?!

Oder führt Ihr etwas im Schilde ... ... mit diesem Angebot?

Habt Ihr einen Sprung in der Tasse?

...
Das ist nur meine Art ...

...
Rücksicht zu zeigen.

Ich dachte, Ihr bräuchtet etwas Entspannung von meinem Unterricht und dem Training des Ordens.

Solltet Ihr dafür etwas Bestimmtes brauchen ...

...
zögert bitte nicht, es mir zu sagen!

Soll ich Wache halten, während er schläft?

Wopp

Alles klar.

Dann setzt Euch bitte aufs Bett, Prinzessin.

Grumpf

Wie bitte ?!

Euer Schoß ist ziem- lich unbe- quem.

Grrr

Was wollt Ihr überhaupt errei- chen?!

Ich habe nicht die leiseste Ahnung ...

... was in Edward vorgeht.

Kleid für das Dinner

Ohne Handschuhe, da gegessen wird

Mein Ritter ist kein Engel

Episode 3
Mein Ritter
ist kein Engel

Das Königreich Felimore ... ist ein friedliches Reich inmitten der Natur.

... doch an diesem Tag ...

Seine Prinzessin Rusty ist eine Stubenhockerin ...

... war sie ausnahmsweise unterwegs.

Puh

Die Feier und die Gesellschaft sind heil überstanden!

Jetzt kann ich mich endlich wieder in mein Zimmer zurückziehen!

Einige Stunden zuvor

...

Waaas?

Ein Fest?

Nein, danke. Da wird es bestimmt voll sein...

Wollt Ihr einen kleinen Blick darauf werfen?

Heute findet in der Stadt ein Fest statt, das vom Ritterorden organisiert wird.

Da fällt mir ein...

Das hier ist Sir Edward.

Ein engelhafter Ritter mit sanftem Gemüt und umwerfendem Aussehen.

Auch nicht ...

... wenn ich Euch darum bitte?

Gwitt

Auf seine Einladung hin ...

Hibbel Hibbel

Na gut. Aber nur mit Verkleidung, damit wir nicht auffallen ...

Uwaaaaah

... bin ich in die Stadt mitgekommen.

Äh ...

Was ist das für ein Halsband?

Damit ziehen wir trotzdem alle Blicke auf uns

Mann und Frau nutzen den Platz, um dort als Paar zu tanzen.

Das ist das High-light des Festes!

Wie schön das aussieht!

Nach demselben Prinzip, wie eine Prinzes-sin ihren Ritter auswählt.

Aber für jemanden, der sich immer zu-rückzieht, ist das viel zu schwierig.

Sst
スッ

Hm?

Das Band reißt gleich.

Zerr Zerr

Wie dem auch sei!

Dadapp

Ich sagte doch schon, sie ist nicht meine Freundin ...

Oh, hätte ich das vor deiner Freundin nicht er- wähnen sollen?

Eine Menge Mädels haben gefragt, wo du denn bleibst, Edward.

Hey!

Tut mir leid, dass ich euch Umstände bereitet habe ...

Wapp

Wo ist sie denn hin? Ist es okay, dass sie nicht da ist?

Spurlos verschwunden

Domm

Hopp-la!

Kommt selten vor, dass etwas ihn so aus der Ruhe bringt.

Verzeihung!

...!

Dapp

Sie ist in die Seitenstraße abgebo-gen.

... sondern ein ganz normales Mädchen ...

... hätte ich dann jemanden auffordern und selbstbewusst tanzen können?

Möchtet Ihr etwa tanzen?

Hah

?!

はっ Wapp

A...

Apropos!

Wen hattet Ihr eigentlich als Tanzpartnerin im Sinn?

Hä?

Äh? Bedeutete das gerade ...?

Oder gehe ich zu weit mit meiner Fantasie?

Aber ...

Dodomm

Dodomm

Dodomm

Dodomm

Dapp

Sir Ed-waaard!

Wo seid Ihr denn, mein Engelchen?!

Dapp

Gwopp

Verschwinden wir von hier.

Macht mich zu Eurer Prinzessin!

Nein, mich!

Ich tanz mit ihm!

Wo steckt er bloß?!

Äh? Oh, okay!

Nanu?

Eine Horde junger Damen, die Edward anhimmeln?!

112

War das vielleicht, als ich früher mit meinem Vater Fangen gespielt habe?

...

Irgendwie habe ich das Gefühl, so et- was Ähnliches schon einmal erlebt zu haben.

Hä?

Ja, gern!

Am Ende habe ich mich doch nicht getraut zu tanzen ...

Ich bin lange nicht mehr so viel gelaufen.

Wäre es anders verlaufen, wenn ich nicht so weltfremd wäre?

Bzumm

Ja
...

Da
könntet
Ihr recht
haben.

Das
Fest ist
zwar schon
vorbei,
aber
...

...
Prin-
zessin
Rusty
...

Aber war es denn wirklich kein Problem, mich als Tanzpartnerin auszuwählen?

Natürlich nicht. Ich bin schließlich Euer Ritter.

Stampf

Ich bitte vielmals um Verzeihung.

Allerdings braucht Ihr noch ein paar Tanzstunden, um eine anständige Prinzessin zu werden.

Beim Ausgehen braucht Rusty unbedingt einen Hut, um sich vor der Sonne zu schützen und ihr Gesicht zu verbergen.

Anderer Entwurf

Ihre Haarschleife befestigt sie an ihrem Hut.

Mein Ritter ist kein Engel

Episode 4

Mein Ritter
ist kein Engel

Prinzessin Rusty.

Mir ist zu Ohren gekommen, dass in der Nachbarstadt ein Basar stattfindet.

Edward, Mitglied des Königlichen Ritterordens

...werde ich Euch heute am Kragen packen und ...

Ja, gehen wir hin!

Selbst wenn Ihr protestiert und Euch weigert, den Palast zu verlassen ...

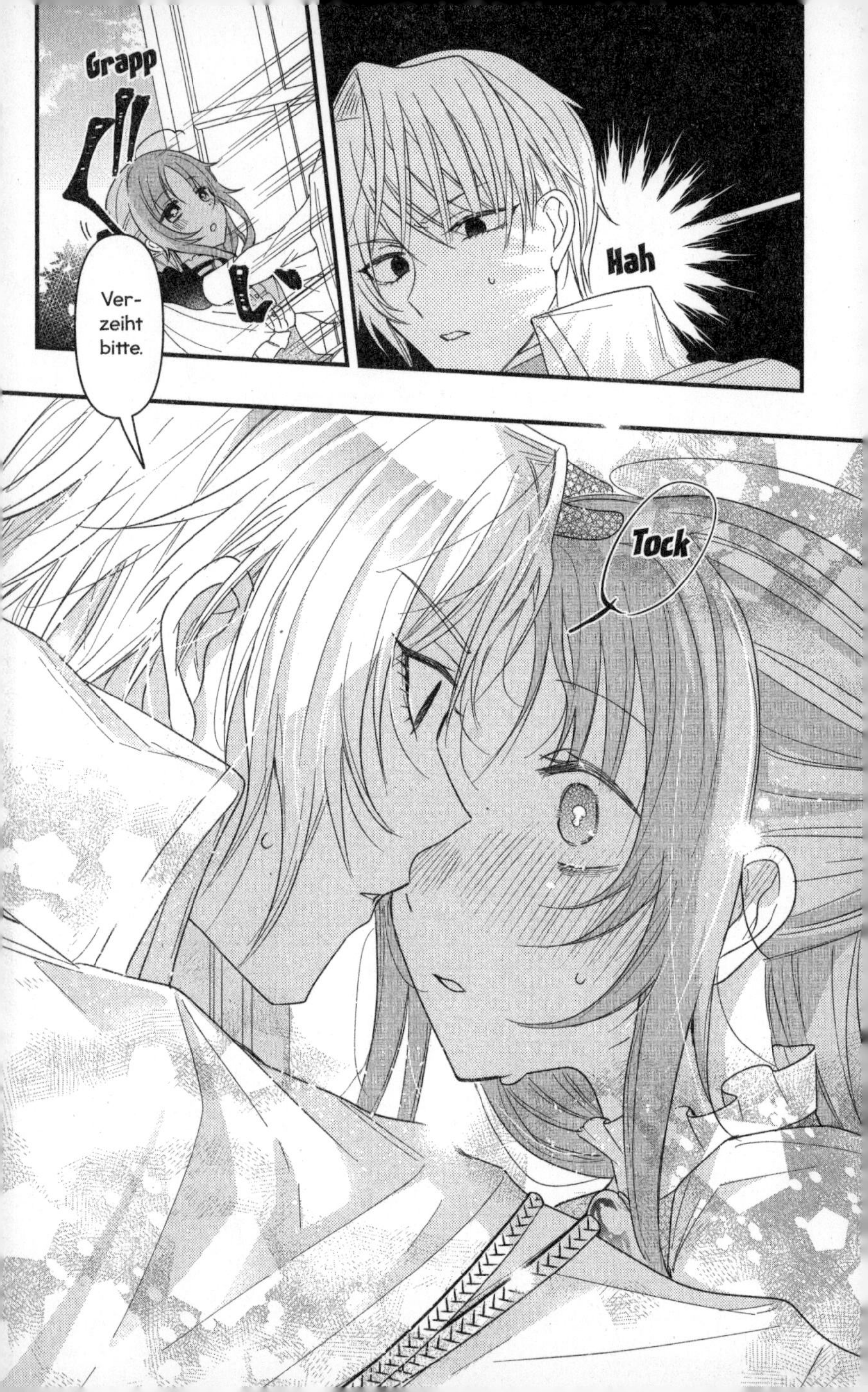
Hah
Grapp
Verzeiht bitte.
Tock

Pschuuuh

Badumm

Badumm

?!

Prinzessin. Kann es sein, dass Ihr ...

Eure Stirn glüht nahezu ...

Ihr habt Euch eine Erkältung zugezogen.

Vielen herzlichen Dank.

Die vielen Ausflüge der letzten Tage haben Euch wohl erschöpft.

Mit etwas Ruhe wird es Euch schon bald wieder besser gehen.

Oje ...

Eine Erkältung ...

E... Es tut mir ja leid, dass ich nicht viel verkrafte!

Eure Hoheit.

Wetten, dass Edward das sagt?!

Könnt Ihr nicht einmal auf Eure eigene Gesundheit achten?

Wupp

Grapp

Mir ist schon klar, dass Ihr nicht die Stärkste seid. Also legt Euch jetzt hin und ruht Euch ordentlich aus.

Hä?

Mir knurrt der Magen, ja, aber ...

Habt Ihr immer noch Euren unersättlichen Appetit?

Nanu?

Das heißt noch lange nicht, dass ich verfressen bin!

Schnüff
Schnüff

Gut.

Gleich gibt's eins auf die Nuss.

Äh, sicher, dass es Euch gut geht? Habt Ihr etwa auch Fieber?

Macht bitte den Mund auf.

Merkwürdig...

Gwitt

Ich habe das Gefühl, mein Fieber wird nur noch mehr steigen, wenn Ihr so nett zu mir seid.

Oh! Ist alles in Ordnung?!

Öhö

Öhö

Ist er es gewohnt, sich um Kranke zu kümmern?

Hat er vielleicht eine kleine Schwester?

Wie sanft er mir doch den Rücken streichelt...

Es würde mir nichts ausmachen ...

... wenn Ihr mich ansteckt!

Haaaaaaaah

Doch ...

»Mein Fieber wird nur noch mehr steigen, wenn Ihr so nett zu mir seid.«

Irgendwie möchte ich, dass sie sich daran erinnert, aber gleichzeitig wünsche ich mir, dass sie es für immer vergisst.

Hechel

Hechel

Als Kind sind mir lauter peinliche Sachen über die Lippen gekommen.

E...

Es ist schon spät! Also geht ruhig und legt Euch schlafen!

Wedel

Wedel

Wedel

...

... dafür verantwortlich, dass Ihr so erschöpft seid.

... habe ich Euch zu viel zugemutet. Daher bin ich ...

D... Das stimmt doch nicht ...

Habe ich mich zu harsch ausgedrückt?

Bei der Gesellschaft und auch beim Fest ...

Das ging wohl über meine Aufgaben als Leibwächter hinaus.

Ich entschuldige mich hiermit.

Ah ...

Ich wollte Euch zumindest hingebungsvoll pflegen ...

... aber es scheint nach hinten losgegangen zu sein.

fsst

Nicht
...

...
dass
ich es nicht
mag, von Euch
gepflegt zu
werden.

145

Dieser
Duft
...

... kommt mir auf eine seltsame Weise bekannt vor ...

... und gibt mir ein Gefühl von Geborgenheit.

Das kann nicht wahr sein.

...

Zzz
Z
Z

Chrrr

Tschiep
チュン

Tschiep
チュン

Mmmh!

Das sagt Ihr mir so direkt?

Wie fies!

Ihr hättet nie wieder die Augen öffnen sollen.

Ich habe wunderbar geschlafen!

Nur erinnere ich mich nicht mehr, was gestern Abend passiert ist.

Haar zerzaust

Euer Fieber ist gesunken, nehme ich an?

Patt

!

Ich erinnere mich zwar nicht an den gestrigen Abend ...

... aber wieso in aller Welt ...

Oder habt Ihr doch noch Fieber?

Fwaaah

... schlägt mein Herz noch schneller als sonst ...

... wenn Edward an meiner Seite ist?

Mein Ritter ist kein Engel ① / Ende

Seit ich so zurückgezogen lebe, fällt es mir schwer, morgens aufzustehen.

Es tut mir leid...

Ihr seid einfach zu faul, um früh aufzustehen.

Wäääh!

Ein schlampiger Taugenichts.

Überall auf Eurem Bett liegen Bücher herum.

Liegt das nicht einfach daran, dass Ihr zu lange aufbleibt?

N... Na ja, das ...

Gritsch

Ich gebe mein Wort!

Versprochen?

...

Heute gehe ich früher schlafen!

I... Ist gut.

Kaum mit anzusehen, wie sie sich herumwälzt!

Soll ich sie vielleicht an ihr Bett fesseln?

Problemlos eingeschlafen

Zzz

Vor zehn Jahren

Früher hat sie eigentlich immer geschlafen wie ein Murmeltier, aber dann ...

Aber na ja, heute scheint sie zumindest eine ruhige Nacht zu haben.

... werde ich alle Bö-sewichte für Euch besiegen!

Haah!

Ich habe von einem Bösewicht geträumt, der mich ständig in Fallgruben stößt.

Aaaah!

くらぐたーリ...
Dzumm

...

Ich fühle mich furchtbar.

K... Keine Sorge!

Solltet Ihr wieder so einen Traum haben, Prin-zessin ...

Darum schlaft gut ... ... meine verehrte Einsiedler-prinzessin.

Flapp

Hat sich an ihren Anblick im Schlaf-gewand gewöhnt

Raus aus den Federn!

Zzz
Zzz

Rusty blieb lei-der wei-terhin ein Morgen-muffel.

Bonus-Episode / Ende

Entwaffnende Schönheit ②

Dieser Hund braucht definitiv noch etwas Training.

Hechel

Hechel

Wir spielen erst, wenn du das Kommando »Warte« beherrschst.

Dzumm

Streichel Streichel Streichel Streichel

ナデナデナデナデ

Entwaffnende Schönheit

Edward schläft auf meinem Schoß!

Nach Kapitel 2

Woah

Wie wäre es, wenn ich ihm einfach ins Gesicht male?

Hi hi hi

Ich habe ihm genug Ruhe gegönnt und immerhin hat er mich ständig mit seinen bissigen Bemerkungen drangsaliert. Rache ist süß!

Zzz

Wie unfair!

Ich kann es nicht!

Die abenteuerlustige Prinzessin

J... Jawohl ...

Die Prinzessin hat mich beschützt.

Zäsch

Komm sofort zu mir, wenn dich jemand wieder ärgert!

Vor zehn Jahren

Euer Hoheit?!

Wumms!

Autsch!

A... Alles gut!

Dann lass uns in die Stadt gehen und ...

Ich komm nicht mehr runter!

Hssss

Was mag das sein?

Ich muss sie beschützen.

Ich muss die Prinzessin um jeden Preis beschützen.

Der Sohn des Ministers

Ich werde die Prinzessin garantiert in eine Fallgrube locken!

Grr

Dann bietet sich ja keine Gelegenheit mehr, sie in eine Falle zu locken!

Was? Sie hat sich zurückgezogen und verlässt das Schloss nicht mehr?

Endlich! Der Tag ist gekommen, an dem ich sie in eine Grube stürzen kann!

Was? Sie wird auf ihrer Geburtstagsfeier erscheinen?

Bamm

Mein Herr ist ganz aus dem Häuschen!

Schnief

Wie schön für Euch!

Hurraaa

Yukari Sakai

Ein Ritter! Eine Prinzessin!
Ein westliches Fantasy-Setting!
Mit dieser einfach gestrickten Story,
die mir selbst leicht von der Hand
geht, feiere ich mein Comeback ...
Ich hoffe, euch bereitet diese nicht
ganz ernst gemeinte Geschichte
viel Freude!

Mein Ritter
ist kein Engel

Edward verteilt seine Spitzen wieder mit voller Härte!

Vorschau

Band 2
Erscheint voraussichtlich im Sommer 2025!

Hach ♥
Ein Paradies voller ...

Was passiert auf dem Trainingsplatz voller gut aussehender Ritter?

... gut aussehender Ritter!

Er ist so lieb ...

Im Moment solltet Ihr ...

... keine Zeit haben, mit anderen Männern zu plaudern.

Ist Edward etwa eifersüchtig?

Ihr habt wirklich gut durchgehalten.

Streichel

Vielleicht gibt es sogar Fortschritte zwischen den beiden!

Mein Ritter ist kein Engel

Yukari Sakai

Merit und der ägyptische Gott

Yukari Sakai | Fuyu Tsuyama

Merit landet in der Unterwelt, ohne Erinnerung daran, gestorben zu sein! Deshalb ist sie wild entschlossen, wieder in die Welt der Lebenden zu gelangen. Nur leider scheint Anubis, der als Einziger das Tor zwischen den Welten öffnen kann, nicht nur Menschen zu hassen, sondern auch durch einen Fluch seine Kräfte verloren zu haben. Ob Merit diesen lösen und zurückkehren kann?

Mein Untergang an der Schule Gottes

Modomu Akagawara | Natsu Hyuuga

Nagi und ihr Zwillingsbruder Takeru, der sich in seinem Zimmer versteckt hält, leben in einem Japan, in dem es Menschen mit besonderen Fähigkeiten gibt, die sogar zu Göttern ernannt werden können. Im Gegensatz zu Takeru hat Nagi jedoch kein Talent für das Übernatürliche. Trotzdem erhält sie die Nachricht, dass sie an der Schule Gottes aufgenommen wird. Ob sie sich dort behaupten kann?

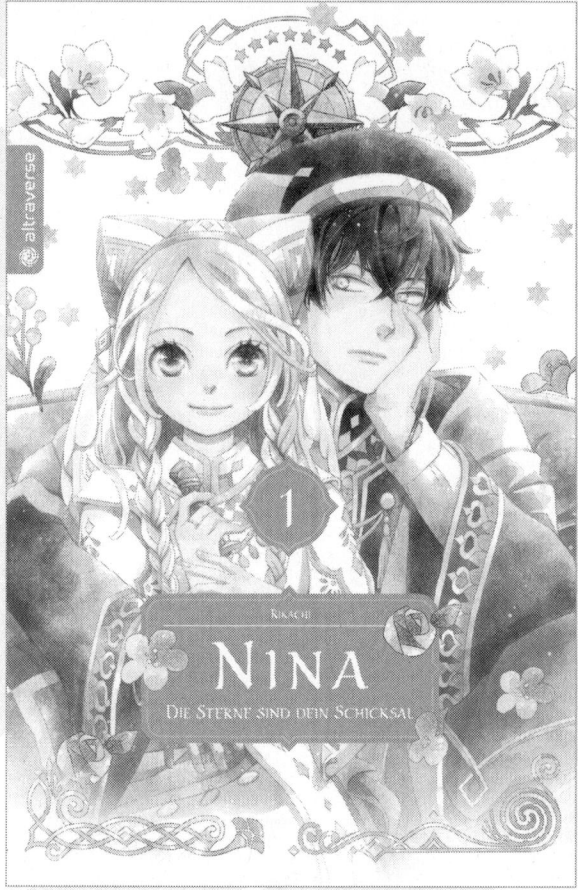

Nina — Die Sterne sind dein Schicksal

Rikachi

Nina hat bisher ein Leben als Diebin geführt. Doch als Prinzessin Alicia vom Königreich Fortuna ums Leben kommt, ändert sich alles. Da sie dieselben blauen Augen wie Alicia hat, wird Nina von Prinz Azur entführt und als Doppelgängerin eingesetzt. Nun muss sie nicht nur Manieren lernen und sich prunkvoll kleiden, sondern soll auch den Kronprinzen eines fremden Reiches heiraten. Ob sie ihr neues Schicksal erfüllen kann?

Schattenprinzessin des Drachenkönigs

Akira Osora

Vor einigen Jahren begrub der Wasserdrache, der eigentlich der Schutzgeist des Königreichs Ten'a ist, Kohakus Heimat unter wilden Fluten. Als letzte Überlebende schwört sie, Rache an Prinz Miaki zu nehmen, der als Einziger den Drachen kontrollieren kann. Entschlossen, ihn zu töten, schleicht sie sich am Königshof ein. Doch dann kommt alles ganz anders ...

Colette beschließt zu sterben

Alto Yukimaru

Colette ist Ärztin, genauer gesagt die einzige Ärztin ihrer Stadt, und deshalb Tag und Nacht im Einsatz. Irgendwann ist sie so mit den Nerven am Ende, dass sie beschließt zu sterben! Aber so richtig will ihr das nicht gelingen. Stattdessen findet sie sich quicklebendig in der Unterwelt wieder, wo schon der nächste Patient auf sie wartet: der Herrscher über den Höllenkerker Hades!

Gespielte Liebe ... oder doch nicht?

Emiko Nakano

Um ihrer verarmten Familie zu helfen, will Rachel sich den reichen Fahad als Ehemann angeln. Leider ist sie im Flirten eine Niete und hat wenig Hoffnung, dass er auf ihre gespielte Liebeserklärung hereinfällt. Doch überraschend sagt Fahad Ja zu einer Verlobung! Allerdings soll Rachel ihm vor der Heirat ihre Gefühle bei romantischen Dates beweisen ...

altraverse

Deutsche Ausgabe / German Edition

Altraverse GmbH
Ruhrstr. 11 a
22761 Hamburg
kontakt@altraverse.de

Aus dem Japanischen von Nana Umino

Wir behalten uns die Nutzung unserer Inhalte für Text- und
Data-Mining im Sinne von § 44b UrhG ausdrücklich vor.

HIKIKOMORI HIME TO DOKUZETSU KISHI-SAMA by Yukari Sakai
© Yukari Sakai 2023
All rights reserved.
First published in Japan in 2023 by HAKUSENSHA, Inc., Tokyo.
German language translation rights arranged with HAKUSENSHA, Inc., Tokyo
through Tuttle-Mori Agency, Inc.

Redaktion: Anne Faltin
Herstellung: Katharina Kaven
Lettering: Vibrant Publishing Studio

Druck: Nørhaven A/S, Viborg
Printed in Denmark

Alle deutschen Rechte vorbehalten.
ISBN 978-3-7539-3070-1
1. Auflage 2025

www.altraverse.de